江月集

吴人越客／著

南方出版社

·海口·

图书在版编目（CIP）数据

江月集 / 吴人越客著 . — 海口 : 南方出版社，
2023.3
　　ISBN 978-7-5501-8137-3

　　Ⅰ . ①江… Ⅱ . ①吴… Ⅲ . ①诗集－中国－当代
Ⅳ . ① I227

中国版本图书馆 CIP 数据核字 (2023) 第 044519 号

江月集

JIANGYUE JI

吴人越客　著

责任编辑	林霞	
出版发行	南方出版社	
地　址	海南省海口市和平大道 70 号	
邮　编	570208	
电　话	0898-66160822	
传　真	0898-66160830	
经　销	全国新华书店	
印　刷	广东虎彩云印刷有限公司	
版　次	2023 年 3 月第 1 版	
印　次	2023 年 3 月第 1 次印刷	
开　本	787 mm × 1 092 mm　1/32	
印　张	5.25	
字　数	75 千字	
定　价	68.00 元	

前　言

　　上初中的时候，有一次在语文课上，我出于好奇问老师，"三皇五帝"是指哪三皇五帝。在紧接着的自习课上，语文老师悄悄从窗外递给我一张纸条，示意我看看，然后转身离去。打开纸条发现都是有关"三皇五帝"的解释，老师写满了一整张纸。想必是当时在语文课堂上不想占用其他同学的时间来专门解释这个，我也感动于老师的严谨细心。老师是一个个头挺高，微胖的中年人，讲课谈吐间充满了儒雅的气息。因为老师课堂上经常与同学们提问互动，那个时候就觉得语文课很有意思，所以即使我性格内向，也会不时举手回答问题，一堂课下来竟会觉得意犹未尽。

　　及至进入大学校园，对一切都产生好奇。有一天，宿舍楼下马路两旁堆满了东西售卖，原来是众多临近毕业离校的大四学长们"体验生活"，半卖半送式地处理自己过去四年的校园物品，主要是书籍，俨然形成了"集市"。因为我读的是工科，大学不开语文课，所以看到一本某大学出版社出版的《大学语文》增订本，非常感兴趣，就买了下来，随后在一星期内读完了这本书。书比较厚，内容涵盖中国3000年文学作品，从《诗经》到唐诗，从宋词到古代游记散文再到现代诗，这本书就像一本完整的书目，大大拓宽了我的阅读范围。现在想来，大学不仅仅是教书育人的地方，更是帮助学子确立"三观"的地方。当时学校有各种社团，我对此是乐此不疲。参加摄影培训，考取摄影资质，学习旅游文化，做了厚厚的笔记，后来买了自己的第一台机械相机，爬了自己人生中第一座名山：华山。而从此也养成了写游记的习惯。

随着网络的不断发展，毕业后阅读内容也不断丰富。国外诗人雪莱、拜伦、泰戈尔的作品，还有莎士比亚的十四行诗都有涉猎；对于国内古体诗词更是买了《千家诗》《千家词》，但最中意的还是历代山水田园诗，王维、孟浩然、陶渊明和柳宗元的诗常常拿来读；对于宋词则更倾向于婉约词，柳永、欧阳修、李清照和姜夔的词阅读之后，常常感到手留余香。古人的诗词往往喜欢借物抒情，所以我们看到的往往都是诗人感受到的景色。比如唐代诗人张若虚在《春江花月夜》中的诗句："春江潮水连海平，海上明月共潮生。""江畔何人初见月，江月何年初照人。""江水流春去欲尽，江潭落月复西斜。"唐代诗人李白在

《峨眉山月歌》的诗句:"峨眉山月半轮秋,影入平羌江水流。"唐代诗人孟浩然在《宿建德江》中的诗句:"野旷天低树,江清月近人。"唐代诗人张继在《枫桥夜泊》中的诗句:"月落乌啼霜满天,江枫渔火对愁眠。"唐代诗人温庭筠在《菩萨蛮·水精帘里颇黎枕》中的诗句:"江上柳如烟,雁飞残月天。"这些句子特别强调对景物"江""月"的使用。而宋词中同样也有对"江""月"的描绘,如宋代文学家吕本中《采桑子·恨君不似江楼月》中的"恨君不似江楼月,南北东西,南北东西,只有相随无别离",宋代文学家苏东坡《念奴娇·赤壁怀古》中的"人生如梦,一尊还酹江月"。

山水诗不求复杂。简单的字,也能织造出最有意境的画面,宋代诗人邵雍《山村咏怀》的诗句:"一去二三里,烟村四五家。亭台六七座,八九十枝花。"还有元代文学家马致远《天净沙·秋思》的词句:"枯藤老树昏鸦,小桥流水人家,古道西风瘦马。"作者用白描的手法也能让人感受到两地的落差,画面感十足。

2020年新冠疫情在全球范围内暴发并蔓延,由于其极强的传染性,人们的旅行活动大大压缩,居家的时间也随之增加。周末闲来无事,正好利用这个时间整理自己过去写的东西。一整理才发现,过去20年写了近百首诗词。而诗集在整理好命名的时候，最初起了好几个书名都不满意，要么太复杂，要么无深意，后来发现自己的诗句也不时有对"江"和"月"的描述，如《夜游山塘水巷》《点绛唇·过港珠澳》和《苏幕遮·秋水》等，就索性命名为《江月集》，《江月集》正是在这样的背景之下诞生，名字起好后也觉得再无更改的必要。诗集同时配有自己平时拍摄的照片，以期图文可以达到相得益彰的效果。

近几年网络有一句热词："生活不止眼前的苟且，还有诗和远方。"我们到处去旅游，去认识世界，然后记录自己眼中的世界。英国作家毛姆在其作品《月亮与六便士》里说"满地都是六便士，他却抬头看见了月亮"，其实一个人一生中最注重什么，有的人看到"六便士"，有的人满眼都是"月亮"，无论看到什么，心中喜欢就好。而对于我，平时捡捡"六便士"，偶尔抬头看看"月亮"也不错！

吴人越客

2022 年 11 月 30 日，雪

于苏州独墅湖寓所

目　录

i

iv

华山行

2003 年 10 月

玉泉院里访玉泉，莲花山上寻莲花。

当年若知第一险，何必夜登莲花山。

登黄山

2007 年 10 月

旧时梦中景，今日景中人。

黄山多奇峻，无处不登临。

再登黄山

2007 年 11 月

人言天都险，我独登其巅。

待饮茶一煎，还思江南烟？

泰山行

2008 年 8 月

五岳独尊兮，云雾缭绕。

孔子登临兮，观天下小。

日出东海兮，万物微妙。

唐碑沧桑兮，尽染辉煌。

游沙家浜

2008.10

芦苇婆娑迎秋风，酒香菊黄舟子忙。

青蟹举钳庆隆冬，错把芦花当雪花。

天山行

2009 年 5 月

西域天山雪终年，日正平湖水萧寒。

借问瑶池何处走，此地还应在仙山。

夏日游杭

2009 年 7 月

九溪山幽兮，听蝉鸣叫。

灵隐有峰兮，巨藤遍绕。

杨柳携堤兮，几分妖娆。

湖畔扁舟兮，可采菱角。

观留园古乐表演

2010 年 5 月

吴歈兰熏笛与筝，江南又闻丝竹声。
花飞柳斜碧波荡，点点新芽弄轻风。

致我最亲爱的苏州

2010 年 5 月

两年之前 我遇见了你
我喜欢唤你 小家碧玉
尽管你越发 美丽动人
就在那时 我爱上了你

你不缺传统 不少时尚
我常徜徉在 你的身旁
难忘我们 一起的时光
睡梦中 也有小河流淌

而现在 我将无奈地离开
我迈不动这 离别的脚步
我忍不住这 伤心的泪水
我剪不断这 永恒的回忆

但相信我 我迟早会回来

因为你是 我的第二故乡

等我继续 我们的未了缘

我愿意 和你生活到白发

雨后登南山

2010 年 6 月于深圳

昨日姑苏雨，今时关内云。

人生梦亦幻，亲人共举杯。

梧桐山顶西望深圳

2010 年 6 月作五言三韵于深圳

极目望鹏城，烟云海上生。

满城绿如茵，遍地落花红。

山高天亦矮，此地有神灵。

等待

2010 年 11 月

我静静地 站在路边
手中的玫瑰啊
你也抵御不了 寒风的凛冽
午后的阳光 躲进了云端
树叶在脚下 一团一团

脑海中 你不断地出现
街角的咖啡厅啊
你此时 是那样地温暖
而这一切 对你来说
是否会有 几分挂念

我的思念 一直都没变

当你见到我啊

能否看到 我的头发已凌乱

我就是想 再看你几眼

我仍静静地 站在路边

一起

2010 年 11 月

我独自走在 金鸡湖畔

昨日的美好 在心中不断浮现

我们

一起闻过了 窗外的桂花香

一起看过了 湖边的月亮

一起感受过 夜晚的流光

一起行走在 天堂的中央

一起听小河 在石上流淌

当一切 都已消逝

才想起 往日的景象

懂得珍惜现在

才能留住未来

有多少欢喜

就会有 多少忧伤

我要告诉自己

人生其实 不尽是美好

将心

2010 年 11 月

你将你的心　藏在梦里
我四处寻找　它在哪里
　可能藏在　电影院里
　因为我们　去过那里

还是藏在　餐厅角落里
可我找不到　它在哪里
可能藏在　你的房间里
　因为我们　去过那里

还是藏在　那枝玫瑰里
可我找不到　它在哪里
可能藏在　你的眼睛里
　因为我们　去过那里

还是藏在　你的手心里
可我找不到　它在哪里
我四处寻找　它在哪里
原来你将它　藏在梦里

你就是我的爱情

2010 年 11 月

我苦苦寻觅 日日追求
找寻所谓 爱情的希望
夜幕降临 我来到草丛里
蛐蛐 也在为我助唱

当流星 在天上游荡
泪水却在脸上 自由流淌
金鸡湖的风 无比凉爽
我却无暇 在这里欣赏

屋内的灯光 透出光芒
却照不进 我的胸膛
台上的你 在继续演讲
我心中突然 无比开朗

你　就是我的爱情

今天　这美丽的八月十九夜

现在　我知道第一次见到你

　　就已是　永恒无上

你是谁

2010 年 11 月

你是谁

是何时 闯进了我的心扉

久久也不离开

你那双 静谧的眼睛

如何让我 不对你思念

你是谁

为什么 每晚都在我的梦里

让我 白天也想入睡

你从来都是 淡妆素容

那也好过 别人的浓艳

我知道

幸福 不会轻易降临

那又怎样

我满眼都是 你那玫瑰般的笑颜

其他的东西 我都视而不见

我知道

可能 你还没有明白

我 是多么地在意你

你那长发 乌黑又飘逸

始终寄托着 我难忘的情怀

无题

2010 年 11 月于苏州

爱情　是一只咖啡壶
馏掉苦涩　升华醇香
时间　就像一张滤纸
滤走不足　沉淀思念

爱情　是矗立于海边的灯塔
它照亮了　彼此的心扉
思念　像运动员手中的火炬
在我们心中　相互传递

从失去你　那一刻起
我就失去了　最美好的东西
不再追求爱情的我
就只剩　这令人厌恶的生活

记得你的长发　抹过我的脸庞

正如那兰花　散出幽香

现在　我送给你们美好的祝福

就像　《古兰经》透着纯洁

当樱花开满三月天

我不会　再出现在你眼前

为何还　日日思念夜夜难眠

痛苦　怎会马上烟消云散

夜与梦

2010 年 11 月

我梦里醒来

漆黑一片 什么也看不见

原来这就是

现实中的夜

可就在刚才

整个世界 还都多姿多彩

但那毕竟是

梦中的虚幻

我应该追求你吗

这无尽的夜

我应该放弃你吗

这华丽的梦

为何现实 总是黑暗无边

纵使得到 也是孤单

而这梦境 永远精彩无限

就算 不想拥有也难

天净沙·青岛

2011 年 9 月

彩帆碧海蓝天，
绿树红瓦黄墙，
赤礁金沙阳光。
　崂山青岛，
蛤蜊扇贝青啤。

乐苏州

2012 年 5 月

风吹樟林斜，雨带花草香。
姑苏水巷长，古村人家旺。

夜游山塘水巷

2012 年 5 月

水巷吴歌相思苦，墙上梅影雨痕孤。

三里半塘续前约，月下还否花依旧？

十四行·致我的兄弟：一辆山地车

2012 年 6 月

那年我只身来到苏州 你成为我的第一个朋友
你送我上班 周末陪我逛遍古城的街尾和巷口
我曾经一无所有 你却不离不弃陪伴我的左右
每次我去找你 我似乎看到远处的你在向我挥手
我曾经考虑生命的意义 也思索过活着的原因
发现每个人都各自 在用生活诠释着生命的真理
你一直沉默 却无时无刻不在用行动向我证明
世间有欢乐有痛苦 再大的磨难也要有勇气承受
四年来我们的友谊与日俱增 但也有过不高兴
我曾将自己的意志强加于你 你却欣然接受
我应该如何报答你 你如果会讲话定会说不必
因为君子之交淡如水 下次我们再去太湖之滨
我的兄弟 在我心里你不仅仅是一辆山地车
在这物欲横流的社会里 你比人类更有义气

回首

2012 年 8 月

每每当我 徘徊在你的门外

你却正在 我的心中徘徊

我喜欢 你那些许的婴儿肥

还有你 无比透彻的眼神

梦中回家的路上 我们携手同行

我享受 照顾病中的你的时光

我甘愿 顶着薄雾晨曦去找你

我要最早看到你

当月亮 洒在路上草丛里

我在想 下次何时见你

可是当我 思念你的时候
你正在思念着 别的地方
樱花林里
再也找不到 我们的身影
深夜电话里
再也听不到 你的声响
漆黑雨夜的路上
我还能为谁撑伞
而上海
是个引人无限悲伤的 地方

玉华峰怀旧

2012 年 9 月中秋，独自赴武夷山攀登玉华峰，登顶遥望，往事如梦，感慨万千，留诗为证：

我站在你的面前　你的脸庞逐渐清晰可见

我一直想着你的模样　现在终于如愿以偿

早上的晨光　勾勒着你的美丽与修长

林中的鸟儿　赞扬着你的温柔与善良

你现在过得怎样　有你才有对生活的期望

你渐渐向我走来　我对你的思念由此释放

我张开双臂对山遥望　我就站在玉华峰上

这里人迹罕至修竹丛生　真是山高水又长

我大声呐喊　声音不断在谷中回荡

我心生恐惧　往前一步就粉身碎骨

我低头四望　黑色的浓雾正在山谷中翻荡

何去何从　我应该放弃还是选择继续流浪

最爱

2012 年 10 月

最是你眉尖上的忧愁 让我第一次见你 瞬间就已凝为恒久
看着你渐远的身影 苦痛在心中不断地释放

爱的笑容我要为谁绽放 寂寞时的忧伤 又会有谁去欣赏
每次的相见 从来都不是为了这遥远的念想

张开风中的臂膀 面向大海 希望也像浪花一样不断消涨
当花儿绽放 请赶紧采下它 因为凋谢随时会降临

玉白的月光之下 虫子在草丛中低声吟唱 我却在独自彷徨
这声音清新而且悠扬 却也遮不住我心中的凄凉

华灯照射在路的中央 我几时又来到了 这个并不陌生的地方
一切都还是那样 但我看见的分明是你上次的脸庞

十四行·姑苏念

2013 年 1 月于法国贝桑松

冬日的夜晚　地冻天寒

巷口的小摊　依然热闹非凡

小巷里的路灯　稍显暗淡

幸好此时　没有寒风相伴

一转身　看到你的脸

正如一轮月光　洒入我的心田

原来　月亮也能给人温暖

美好的时光　为何如此短暂

何时能再次　与你相见

脑海里涌现着　对你的思念

昨日的画面　不断重现

尤其是你　如花绽放的笑脸

阳光也无法　比你灿烂

尽管太阳　也能给人温暖

又见徽州

2013年4月清明小节，赴徽州踏青，走绩溪、休宁，经黟县、祁门，沿途景色旖旎，民风淳朴。小有感慨。

碧水浮青山，竹林现墙头。

古屋相去远，云行丹霞间。

蜂绕黄花尖，青牛卧禾田。

茶人憩溪边，郭外已炊烟。

徽州礼赞

2013 年 8 月游徽州有感

你着一身黑色长裙

连你的影子 也不由被你吸引寸步也不离

你缓步走来 节奏中饱含韵律

这分明是一首 莫扎特的小夜曲

你的眉头微弯

恰似月亮 绕过地球的委婉

你的纤纤玉指 无需修饰

凝脂温润 未握还暖

你清澈的双瞳 如此深邃

似乎整个宇宙 也被容纳其中

正是秋水照人寒

还有你 兰花般的淡淡香

难道是观音不慎 打翻手中的甘露

滋润我心田

还有你的微笑 谁能告诉我该怎么抵挡

你快要将我溶化 我现在已经不知所言

你该了解我更多

请你不要浇灭 我心中正在燃起的希望

如果你将 自己的心门关上

你又如何 能体会爱情的芬芳

即使你 只相信第一印象

或者我在你心中 从来没有任何分量

但我们 毕竟相识一场

春日的阳光 也许能化去你心中的苍茫

十四行·丽江警示

2013 年 8 月

数年前我认识了 一个叫丽江的姑娘

她家门前 有一条金沙江在流淌

那时她穿一身纳西族的衣裳 蓝色的头巾让她更显大方

她常常牵着妹妹束河的手 一起玩耍无虑也无忧

她天生丽质也不懂浓妆 采茶和染布她最在行

她喜欢恬静月下的拉市海 常常倒映出她的可爱脸庞

妹妹把她当成自己未来的形象 希望将来也能像她一样

数天前有个陌生人 费尽心机找到丽江

他巧舌如簧他告诉丽江 她是如此优雅只是缺了包装

她突然期望高贵富美 于是心中的欲望不断膨胀

她家不再安静连泸沽湖也变得吵嚷 玉龙雪山更是加速消亡

她只管自个儿在那化妆 红酒和咖啡更让她无法辨别方向

丽江望古楼才是适合你的地方 不要再沉浸在商业的海洋

返璞归真才是真 有些东西失去了 你再也无法进行补偿

057

再别苏州

　　癸巳晚秋，姑苏茶花始白，太湖红橘漫山；城外稻田露黄，城内残荷几方。即将作别苏州，感慨万千，惋惜不舍，泪涕俱下；苏州与我，爱之如妻，故久久不忍别离。恰此时梦醒，原来一切如故，梦魇而已，欣喜万分。唯眼角泪水独存。梦之真切，如同亲历，故作此诗，以记此事。（2013 年 11 月）

（一）

十年之前　那是离开家乡的日子

为何今日　又要离你而去

不喜欢的地方　待多久也迷茫

唯有你　让我每天面对阳光

阳澄湖的秋风

吹不散心中　已是蛛网的哀愁

东山巷子里　半掩的门

外墙挂着　斑驳的雨痕

每次提到你

我都无法　一一罗列你的好

唯有安静时

独自享受　有你陪伴的美妙

（二）

春去夏来

听那街头 叫卖的新鲜莲子声

冬雪初霁

唯有 石嵝石壁竹林里的鸟鸣

我不忘 大石山上穿越遇险阻

香雪海中探梅见故友

又想起 退思园里的隐士哲学

中街路旁把秋水望穿

犹记行走在光福西山

沿途太湖的风姿绰影

还有金鸡湖畔 夜色中的美丽回忆

琼姬墩路 洒下的片片树阴

月光码头的丝丝情意

更有 湖畔帐篷里的别样温柔

（三）

乌篷船　沙洲酒

我愿　醉卧在铁琴铜剑楼

牡丹亭　桃花扇

尽显　昆曲的粉黛与吴腔

林屋洞　明月湾

南移北迁　贵族们的桃花源

雕花楼　紫金庵

太湖深处　弥漫的奢华书香

无隐庵　千顷云

无不　透着沈复的精神信仰

专诸巷　野芳浜

阊门下　半塘旁的风流回望

带城桥　大儒巷

诠释着　十全街平江路的咖啡香

（四）

寒山岭　赵宧光

摩崖石刻　至今透着桂花的芳香

小王山　李根源

吴下山林　无处不有你留的印迹

太湖三白　水中八仙

尽享　江南迷离烟水繁华

还未离去　我已然开始思念

执着　往往最终向执着屈服

此生遇到你　本已不易

喜悦　每次都从喜悦中得到解脱

沉默　不能掩盖沉默的战果

等待　自会安慰等待中的无奈

爱之愈切　伤之愈深

平淡中蕴含幸福　激情中暗藏伤疤

态度与幸福

2014 年 2 月于苏州

我是宇宙星河中　撒落的一粒尘埃
也是沙漠里　无人知晓的一株枯草
是海底黑暗世界　浮游的一只生命
是冰封在　喜马拉雅山的一块化石

我心已冷　为何还会隐隐作痛
孤寂寒夜　何以思索世间暖冷
亲情友情　哪个在我心中最重
过去未来　究竟我最向往哪种

痛苦定是　源于某种索求
认真生活　还是游戏人生
常怀感恩　必能收获幸福
内心强大　定能驱赶怨愁

窗外

2014 年 6 月黄梅雨季于姑苏寓所

我以为 旗开得胜

本打算 普天同庆

哪料 落得颗粒无收

只剩 散兵游勇

一直认为

万事俱备 只欠东风

哪料

别人早已 捷足先登

还计划

纷乱结束 解甲养兵

哪料

刚回营帐 又要出征

最向往

清闲度日　与世无争

哪料

千岩万壑　崇山峻岭

即便是

雪山草地我先行

也坚信

终有一日　瓜豆双收

太湖西碛山

2014 年 9 月

秋日的夜晚　漆黑一片

孤寂的夜空　星光闪闪

浩瀚银河　虽然遥远

但显然不亚于　人间的灿烂

湖风掠过　层层山峦

芦苇深处　几只桅杆

微弱的渔火　依稀可见

南归的寒雁　蜷缩湖边

期待温暖　此夜无眠

天净沙·望江南

2014 年 9 月

低楼小院粉墙，
水鸭石碾香樟，
秋风白鹭舟忙。
日暮斜阳，
小儿烧栗江上。

九月九日携友同游天目山

2014 年 10 月

重九登临天目山，昭明驻足水池边。
汗洒云端仙人顶，饮水不忘太湖源。

东山碧螺访友

2014 年 11 月

一湖烟霞染斜阳，橘红蟹黄兼葭苍。
碧螺问茶紫金庵，渔人至今思陆巷。

无题

2015 年 1 月甲午冬夜于苏州寓所

你依然眷恋着

你那可怜的孤单

即便上天眷顾

给你片时的温暖

你无法忍受

这世间的冷漠

却仍然享受

独处时的凄凉

奔跑吧

将一切烦恼 摔在身后

沉睡吧

让梦魇掩盖 所有不快

青春 我们无法挽留

时间 我愿与你牵手

抉择 既然你已成魔

逃避 只会更加懦弱

雨中登梵净山

2015 年 5 月

三千里路梵净山，梵天净土白云现。
只为登山不为佛，金顶之上看人间。

三月仲春访杜甫草堂

2015 年 5 月

竹林深处鸟幽鸣，琴瑟无声水自流。

屋下春风抚红花，案上新诗述秉烛。

昨夜

2015 年 6 月

昨夜　你光彩照人

我却　不懂得欣赏

想说的话　装满了整个胸膛

美好人生　只想和你共享

若心生希望

若心存理想

生活一定　不会迷茫

今夜　你清秀的面庞

再次　映在我的心上

话到嘴边　又被什么阻挡

我只想　仔细看看你的模样

你的眼睛　如此明亮

我的心中　已是滚滚波浪

如何才能　不在你面前鲁莽

海上

2015 年 6 月

你是　我心中的灯塔
无论　我航行到哪
都能　找到来时的家
心中　从未有过害怕

你是　我眼前的航向标
遇到风浪　也无需祈祷
你已为我　指明方向
见到你　心已再无向往

你是　天上的一轮圆月
照亮了前方　亦点亮自己
星星　也围绕着你
原来　你从未远离

梦醒时分

2015 年 7 月

几次梦中惊醒

我知已无心睡眠

我只是百思不解

我的热烈 迎来的是你的冷淡

我对你的情感

何时变成了 你的资源

爱为何如此善变

要知 忘却实在太难

既然这样

当初还要 走进我的眼帘

当爱遇上现实

一切都成了云烟

我是 如此地不情愿

但世间 唯爱不能强勉

我只等有一天

你能 再次回到我身边

了却我 无尽的思念

成全我们 这段难得的姻缘

你不孤单

2015 年 6 月

你不孤单　因为我从来都在你身边
就像
你站台上时　我在台下看你
你在山下时　我在山上喊你

你不寂寞　因为有我陪在身旁
就像
你想倾诉时　我做倾听者
你读书时　我在旁边读你

你不纠结　因为我愿做一面镜子
让你
从中看清自己　愿意时常伴着你
愿意住你心里　即便相隔千万里

秋分题姑苏盛泽湖

2015 年 8 月作七言三韵于苏州

湖面绿波拍柳岸，月季凌霄斗红颜。

夏雨秋风云漫天，冬去春来又一年。

吴下古窑花尽绽，从此不思返人间。

昆明别忆

2015 年 9 月中秋于苏州

子夜望昆明，心中念姑苏。

滇池苗女衣，堪比江南绸。

十里东川路，一碗桂花酒。

踏秋彩云南，何日知去留。

登凤鸣山太极宫

2015 年 10 月于昆明金殿公园凭吊吴三桂

铁旗铜鼓黄金殿，彩云处处车马鸾。

镇南臣北建江山，一心只为陈圆圆。

立冬

2015 年 11 月

孤树抱寒烟，小聚天赐园。

作别东吴门，极目扶栏杆。

残柳秋风斜，此去无江南。

它日若相见，何必论少年。

金鸡湖论琼姬

2016 年 1 月作七言三韵于苏州

湖岸秋风月微上，桥下渔火舟子忙。

碧簪倩影金步摇，红粉佳人青罗帐。

吴歌轻舞遮画舫，一过芦荡到斜塘。

有一个地方

2016 年 7 月

有一个地方 每次经过
　　都会抬头浅望

有一片金黄 清新灿烂
　　就像你的面庞

有一首歌 常常不经意
　　就会低声吟唱

有一种声音 温柔动听
　　依然在耳边回荡

有一个秘密 只有我们
　　可以自由分享

有一绰身影 我想尝试
　　用一生来遗忘

雨夜秋忆

2016 年 9 月

孤雨寒鸭野芳渡，山渚远影烟水留。

残风扁舟人渐去，转目已过数十秋。

吴郡东山访古记

2016 年 11 月

震泽一去烟水间，小巷人家三分田。

日落橘红北沙头，银杏黄时雨花秋。

沪上瀛洲

2017 年 5 月

碧波黄金岸，鱼行山海间。

日斜鸟不归，尤恋东滩闲。

098

东海瀛洲

2017 年 5 月

夏风 拍打着岸边芦苇塘
斜阳 推着影子移向远方
往事寥寥 如烟如海尽苍茫

何故 心中山高又水长
如若 梦想不改希望还在
当你 向着太阳追逐光芒

即使 夕阳西下也还有月光
风浪狂西风烈
太阳 也永远不会改变方向

题苏州钟书阁

2017 年 7 月

在彩虹的世界里

在紫藤花的海洋

我偶尔 会感到迷茫

因为有时 会失去方向

真理 会和我捉迷藏

即使迷失 又有何妨

这里 有整个世界

还有海洋

虽然不缺卑贱 也有狂妄

但也充满 阳光和希望

我愿一直 在这里徜徉

一生歌唱 乃至流浪

题金鸡湖

2017 年 7 月

柳岸斜倚雨潇潇，风卷残浪危石摇。

半湖秋色一蓬舟，炊烟起时酒旗飘。

江南忆秋

2017 年 7 月

晓风残雾平江柳，浅秋微澜山塘竹。

何日赴姑苏？一城风荷，满卷刺绣。

他山无雨

2017 年 10 月

昨日小别姑苏城，犹记当年桂花酒。

他山无雨亦无舟，何以载我小村头。

赠牧云严霜

2018 年 1 月观某电视剧有感

幽暗的松林 从无阳光

亦无一丝 生命的迹象

唯有 严寒与冰霜

伴着阴冷孤寂 无限苍茫

野马 在荒原上肆意奔跑

狂雪 在朔风中激荡

深不见底的眼瞳

犹如瀑布峡谷 一眼再难忘

羽箭在手弓已满

面如霜 飘飘长发假貂裘

蛮古山上 月光熠熠

银箭摄胆寒 铠甲亦结霜

九州四海任驰骋

无怨无恨 不因生为女儿身

一抹齐刘海 几分婴儿肥

此生卿心愿与谁

立马俯瞰雪狼湖

思念正上心头 子又在何方

爱的火种一旦燃起

情意长 纵使相距万里江

飘雪

2018 年 1 月

站在阳台 看着窗外

乱雪飞舞 树压低了头

茶杯 温暖着手心

雪花 偶尔飘进来

化成水 却住进了心

沙湖闻莺

2018 年 5 月

风起碧堤上，日挂湖中央。

莺问渚下童，可识杜鹃香？

信步过莲塘，遥见兼葭苍。

亭上微烟起，客烹碧螺忙。

吴哥怀古

2019 年 2 月于柬埔寨吴哥窟

晨烟未尽女王宫，暮霭已锁崩密列。

圣剑尤悬寺中央，藤木绞杀塔布隆。

小访吴哥通天台，僧侣苦觅顿悟心。

遥望巴戎须弥塔，相逢已是一千年。

扬州慢·过西湖有感

2019 年 4 月

湖左明楼，十里龙井，解去些许闲愁。

过石径云栖，独竹风凄凄。

望灵峰几树烟气，不离晓溪，思绪别离。

日微起，林鸟飞觅，空山独留。

回望余杭，重重楼台似洛阳。

纵铁甲十万，入温柔舫，暗解花囊。

三潭水声尤在，拱宸浮月水苍茫。

念断桥小小，秋未至，桂花忙。

春上

2019 年 4 月

北风斗窗棂，残雨催红缨。

泥燕惜春晚，日栖自不惊。

天净沙·望独墅湖

2019 年 4 月谷雨

江鹭晨曦薄雾，
杜鹃谷雨春柳，
西岸微冷独墅。
　佳人何处，
小儿黄狗日出。

题金鸡湖

2019 年 7 月

天幕映金湖，月光拂堤柳。

蛙谈浅草间，蝉鸣林深处。

水上闻人语，堤下走船楼。

且坐观塘荷，再望已是秋。

无题

2019 年 7 月

赤霞别暮日，金水辞碧堤。

洲头望鱼跃，墟里白鹭飞。

珠江遇雨

2019 年 7 月

夜行珠江口，风雨仍未休。

江轮避不出，车如海中粟。

点绛唇·过港珠澳

2019 年 8 月

雁飞何意？珠江左岸别残日。

千浪卷起。云底万点雨。

港珠桥头，百舸竞为首。月如华。

窗外凭栏。蛇口尽眼底。

苏幕遮·江南秋

2019 年 9 月

蝉声尽，冷清秋。

宿雨无晴，檐下雀羽沉。

微舟红伞烟渚里。

芙蓉池上，小萼依绿蓬。

江南客，即日回。

咸阳安否？大雁始南归。

久居姑苏十二载。

渔火上时，已在潼关西。

西江月 · 沧海斜阳上

2019 年 9 月于美国南卡罗来纳

树底秋风微凉，浪里斜阳初上。
赤脚细沙听涛讲，当年炮声犹响。

三五好友畅聊，七八杯酒正好。
行至月高日斜处，抬首万点金光。

芝加哥遇雨

2019 年 9 月于美国芝加哥

漫步在 密歇根湖的沙滩

望着 广阔无边的岸线

绿树享受着 湖水的温暖

长颈野鸭 在绿荫里追逐

喷泉和摩天高楼 较量着高度

而我此时 心中只念着阳光

风吹起来了

乌云也跟着来了

伴着雷电 肆虐在湖面上

城市暗了 马上又华灯初上

小朋友欢快地 在屋里嬉闹

遥望窗外的 乌云和闪电

似乎所有的重负 都要摔打下来

但是风雨 只会摧毁腐朽

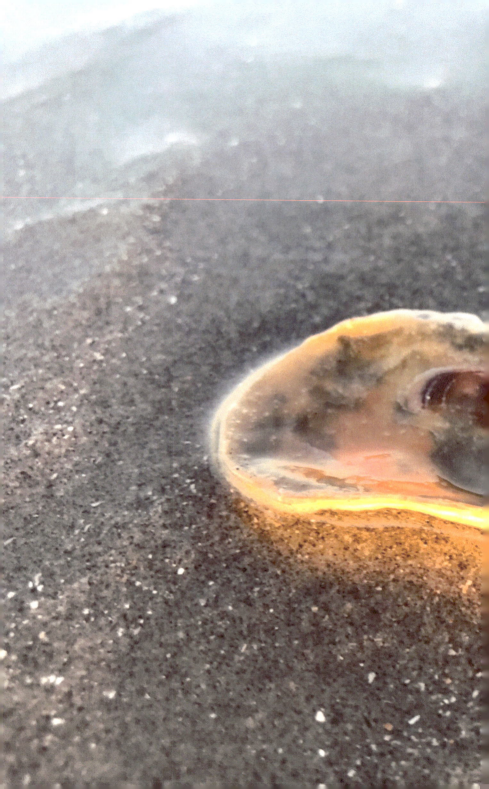

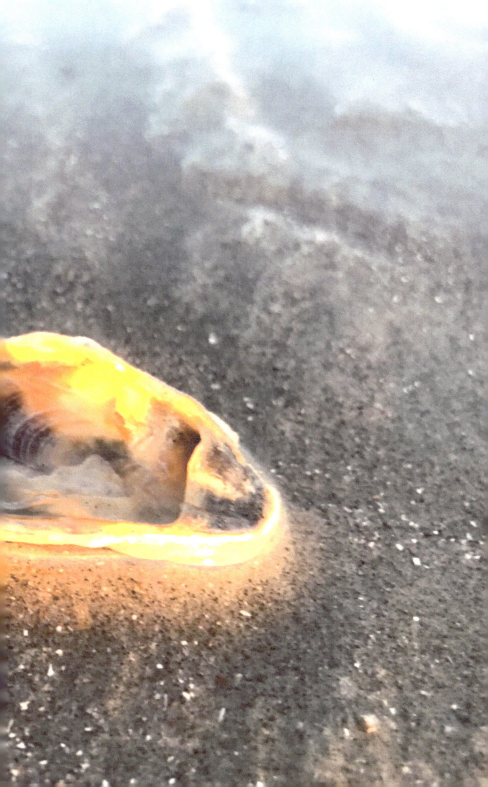

当书遇上咖啡

2020 年 6 月

窗外烈日正强　亦人来人往
柜台里　工作人员不慌不忙
小提琴乐　伴着咖啡与书香
一滴咖啡　悄然掉落在书页上

印上了一滴　浅棕的微痕
像少女初识时　脸上的红光
一会儿逐渐　消散而去
只剩小提琴　咖啡与书香

无题

2020 年 8 月

林下别松风，舟桅诉江流。

日暮天已远，云蒸柳案头。

星现银河里，浪起蝉燥后。

此时明月夜，何日复得秋？

无题

2020 年 9 月

湖上扁舟影随流，树下花鸭替蝉愁。

兼葭月下发如雪，秋风起时已白露。

无题

2021 年 6 月

一夜骤雨伴斜风，炊烟起时池已静。
塘前蛙声处处蝉，巷尾石榴户户红。

湖畔品茗

2021 年 8 月

秋冷雨扶篱，风低摇柱烟。

久候茶不沸，静听炉中音。

且听风吟

2021 年 9 月

一个秋日的傍晚

随意漫步在 小道山间

竹林里热闹非凡

阵阵蝉鸣 尽显凄惨

山溪中漂着竹叶

随风而下 流水潺潺

暮色凄凄送远帆

蛐蛐伴着 石桥栏杆

蜻蜓低舞八月兰

风声渐起 秋雨欲来

这分明是 蛐蛐们的欢歌

但 又何尝不是

给蝉的送葬礼

和 别样的离殇

湖上

2021 年 9 月秋分

满地芦霜雨打秋，半湖桂月云掩舟。

枯荷渔火温残酒，待风起时再作游。

听泉

2021 年 10 月

觅泉繁华处，坐饮江南里。
时暮山歌起，远舟采莲莼。

树上的雪花开了

2022 年 1 月

一个清冷的夜晚

透过窗外的光

雪花飘落 星星点点

像极了蒲公英

又像一只只 白色的降落伞

寒风 掠过竹林

爬上树梢 悠悠地

将瓣瓣雪花 送上每一段树枝

就像 春风送回了

千万朵 透亮的花

144

江南春·日暮

2022 年 5 月

日暮暮，行迟迟。

孤舟夕阳远，江风柳岸斜。

城外平桥春色深，渚上水鸭慕不归。

苏幕遮·秋水

2022 年 8 月

南雁归，秋水离。

江风起时，日落炊烟里。

借住姑苏十二载。

柳岸蝉啼，忽忆故乡水。

北风吹，芦雪飞。

翠竹轩里，月印碧螺杯。

最是八月十五夜。

钱塘江水，总慕时时归。

.